Περισσότερα από μια υπηρέτρια

Αποτύπωμα

Τίτλος βιβλίου: More Than a Maid
Συγγραφέας: Daniel Martinez

Συγγραφέας: Daniel Martinez
Επικοινωνία: ireact898337@gmail.com

Περισσότερα από μια υπηρέτρια

Γραμμένο από
Ντάνιελ Μαρτίνεθ

Ινδία
2024

ΠΕΡΙΕΧΟΜΕΝΑ

Κεφάλαιο 1

Ελπίζω να μην το χαλάσω.

Αυτή η μοναδική φράση αντηχούσε στο μυαλό μου καθώς περπατούσα μέσα στο μονοπάτι του δάσους τις ώρες του λυκόφωτος μιας όμορφης μέρας του Ιουνίου. Τα πουλιά κελαηδούσαν, οι ρόδες της βαλίτσας μου έτριξαν και η καρδιά μου χτυπούσε δυνατά. Ως 24χρονος που μόλις τελείωσα το κολέγιο, οι ανησυχίες μου είχαν αλλάξει δραστικά από την αποφοίτησή μου. Χωρίς να ασχολούμαι πια με τα περιττά κιλά ή τις βραχυπρόθεσμες εργασίες, είχα πλέον επικεντρωθεί στο να βρω αρκετά χρήματα για φαγητό και στέγη. Το πτυχίο μου ήταν σε έναν κορεσμένο τομέα που απαιτούσε τουλάχιστον ένα χρόνο μη αμειβόμενης πρακτικής άσκησης για να εξεταστεί ακόμη και για μια αμειβόμενη θέση. Ήμουν σπασμένος και δεν μπορούσα να περιμένω τόσο πολύ.

Το μονοπάτι που περπάτησα οδήγησε στο κτήμα Carawell, ένα πολύ γνωστό όνομα στο μέρος μου στη Νέα Αγγλία για τον πλούτο τους και ένα σκάνδαλο που αφορούσε τον εξαφανισμένο γιο τους βρέφος πριν από δεκαπέντε χρόνια. Ο Victor Carawell ήταν ένας θρύλος στη χρηματιστηριακή επιχείρηση, γνωστός για την παράξενη σειρά επιτυχημένων επενδύσεών του που οδήγησαν σε τεράστιο πλούτο. Κάποιοι τον κατηγόρησαν για απάτη, ενώ άλλοι επαίνεσαν την εξυπνάδα και την τύχη του. Δεν τον είχα γνωρίσει ποτέ, οπότε δεν είχα άποψη. Για μένα, ήταν ο μελλοντικός μου εργοδότης και το εισιτήριό μου για να χτίσω τις οικονομίες μου. Είχα προσληφθεί ως μια από τις πολλές υπηρέτριες του κυρίου Κάραγουελ.

Είχα κάποια εμπειρία καθαρισμού από μια μερική απασχόληση στο κολέγιο. Ποτέ δεν ήταν στην κλίμακα του να υπηρετώ έναν πολυεκατομμυριούχο, αλλά ο φίλος μου και πρώην συμμαθητής μου Τζέιμς με εγγυήθηκε. Δούλευε στους στάβλους από τότε που αποφοίτησε ένα χρόνο πριν από εμένα. Γνωρίζοντας ότι είχα ένα φιλικό πρόσωπο σε αυτό το κρυμμένο αρχοντικό με παρηγόρησε, αν και η καρδιά μου ακόμα χτυπούσε δυνατά.

Όταν έφτασα στις εξώπορτες του αρχοντικού, ήταν 6:15, ένα τέταρτο μετά την προγραμματισμένη ώρα άφιξής μου. Καθώς χτυπούσα την πόρτα, ετοίμασα διάφορες δικαιολογίες για την αργοπορία μου. Το λεωφορείο άργησε, η πεζοπορία από τον κεντρικό δρόμο κράτησε σχεδόν δέκα λεπτά - αυτό το μέρος ήταν δύσκολο να φτάσετε. Αλλά πριν προλάβω να χτυπήσω το κουδούνι, εμφανίστηκε μια γυναίκα. Έδειχνε διακεκριμένη: τέλεια ανοιχτά μαλλιά, ακριβό γκρι πουλόβερ, στενή μαύρη pencil φούστα και τα ψηλότερα τακούνια που είχα δει ποτέ. Δεν είπε λέξη στην αρχή, απλώς με κοίταξε προσεκτικά, κάνοντάς με να νιώσω θήραμα.

«Απρίλ Τόμσον;»

"Ναι κυρία μου. Ζητώ συγγνώμη για την καθυστέρηση μου...»

"Δεν πειράζει. Θα είμαι ο προϊστάμενός σου. Μπορείς να με λες Ελένη. Έλα, ας σε βάλουμε στο μέγεθος. Ας ελπίσουμε ότι θα τελειώσουμε μέχρι το δείπνο».

Η Έλεν με οδήγησε στην έπαυλη τόσο γρήγορα που μετά βίας είχα χρόνο να καταχωρήσω τα δωμάτια. Τα τακούνια της αντηχούσαν καθώς περπατούσαμε και τα μάτια μου περνούσαν από κάθε ανοιχτή πόρτα: το μεγαλοπρεπές χωλ της εισόδου με μια μεγάλη σκάλα, μια βιβλιοθήκη με βιβλία που έφταναν στο ταβάνι και οι μυρωδιές και οι ήχοι που έβγαιναν από την κουζίνα. Καθώς περπατούσαμε, η Ελένη μου έδωσε μια σύντομη ιστορία της έπαυλης. Η φωνή της ήταν ένα μείγμα από έναν υπερβολικά ενθουσιασμένο ξεναγό και μια αυστηρή δασκάλα γυμνασίου.

«Το Carawell Estate ανήκε στο παρελθόν στην οικογένεια Elliot. Χτίστηκε το 1927 με ανακαινίσεις το 1940, το 1977 και πιο πρόσφατα το 1995. Ο τελευταίος εναπομείνας Έλιοτ, ο Τζορτζ Έλιοτ, σπατάλησε την κληρονομιά του και αναγκάστηκε να πουλήσει. Το προσωπικό μας χάρηκε που τον είδε να πηγαίνει. Ο Victor Carawell είναι ένας πολύ πιο κατάλληλος άνθρωπος για να δουλέψεις. Αυτός και η γυναίκα του μας συμπεριφέρονται δίκαια».

«Θα τον συναντήσω απόψε;»

«Απρίλιος, ελπίζω όχι. Ο κύριος Κάραγουελ είναι πολύ απασχολημένος. Η δουλειά μας είναι να διασφαλίσουμε ότι η καθημερινή αγγαρεία δεν ενοχλεί την καριέρα του. Εάν κάνετε καλά τη δουλειά σας, θα έχετε ελάχιστη αλληλεπίδραση μαζί του. Και θα σε αποζημιώσει ανάλογα».

Ένα μέρος μου απογοητεύτηκε. Ο Βίκτορ Κάραγουελ ήταν ένας ερημίτης, που εργαζόταν αποκλειστικά από το σπίτι. Το να τον συναντήσω προσωπικά και να του σφίξω το χέρι θα ήταν αποκλειστικό. Ωστόσο, ο τόνος και τα λόγια της Ελένης ήταν ξεκάθαρα. Ήμουν απλώς ένα μικρό μέρος στη λειτουργία του νοικοκυριού.

«Το αρχοντικό έχει δύο πτέρυγες, ανατολικά και δυτικά. Η ανατολική πτέρυγα είναι όπου εργάζεται ο κύριος Carawell. Τα εμπορικά του μυστικά πρέπει να προστατεύονται, επομένως η είσοδος στην ανατολική πτέρυγα χωρίς άδεια αποτελεί λόγο απόλυσης».

«Δεν μπαίνω στην ανατολική πτέρυγα, κατάλαβα».

«Θα περάσετε τον περισσότερο χρόνο σας στη δυτική πτέρυγα, η οποία περιλαμβάνει την τραπεζαρία, τις κουζίνες, το σαλόνι, τα κύρια υπνοδωμάτια και τους χώρους του κεντρικού προσωπικού. Όπως και η ανατολική πτέρυγα, δεν μπορείτε να μπείτε στην κύρια κρεβατοκάμαρα χωρίς άδεια. Περιστασιακά, ο κύριος Κάραγουελ μπορεί να ζητήσει να φέρουν εκεί δείπνα ή σνακ».

«Πού θα μείνω;»

«Ο προορισμός μας σε αυτή την περιοδεία. Υπάρχει ένα παράρτημα δίπλα στους στάβλους για τις υπηρέτριες, τους μπάτλερ και τους μάγειρες. Θα έχετε το δικό σας δωμάτιο για να αποσυρθείτε το βράδυ. Τεχνικά, είστε σε υπηρεσία όλες τις ώρες, αλλά κατανέμουμε ομοιόμορφα τον φόρτο εργασίας. Έχετε ελεύθερη κυριαρχία στο παράρτημα, το οποίο περιλαμβάνει κουζίνες και χώρο αναψυχής. Αν χρειάζεστε κάτι, επικοινωνήστε μαζί μου.»

Στο τέλος του διαδρόμου, μια μεγάλη ξύλινη πόρτα οδηγούσε έξω. Ένα μονοπάτι με χαλίκι που συνδέεται με ένα μικρό κτίριο που θα μπορούσε να φιλοξενήσει δέκα ή είκοσι υπαλλήλους σε στυλ κοιτώνα. Η Ελένη με προειδοποίησε ότι η πόρτα της έπαυλης κλειδώθηκε αυτόματα, αλλά θα είχα ένα κλειδί και θα έπρεπε να αναφέρω αμέσως οποιαδήποτε απώλεια. Με την άκρη του ματιού μου, είδα τους στάβλους και αναρωτήθηκα αν ο Τζέιμς δούλευε εκεί. Η Ελένη και εγώ μπήκαμε μαζί στο παράρτημα.

«Το παράρτημα θα είναι αρκετά άδειο τώρα. Θα σου δείξω στο δωμάτιό σου, όπου μπορείς να ξεπακετάρεις και να τακτοποιήσεις. Θα επιστρέψω με τη στολή σου».

Μόνο πνιχτά βήματα και πόρτες που άνοιγαν αντηχούσαν καθώς η Έλεν μου έδειχνε το δωμάτιό μου. Δεν ήταν πολυτελές όπως το αρχοντικό, αλλά είχε τα απαραίτητα: κρεβάτι, γραφείο, συρτάρια, ντουλάπα και το δικό μου μπάνιο. Η Έλεν έφυγε για να πάρει τη στολή μου και εκτίμησα τη θέα του αρχοντικού από το παράθυρο.

Το δάσος εκτεινόταν πολύ πιο πέρα από αυτό που μπορούσα να δω. Με την άκρη του ματιού μου, είδα κίνηση σε ένα πάνω παράθυρο. Ένας άντρας κοίταξε μακριά ενώ κούμπωνε το λευκό πουκάμισό του. Οι πίνακες που είδα ταίριαζαν ακριβώς με το πρόσωπό του — ο ίδιος ο Βίκτορ Κάραγουελ.

Ακόμα και σε αυτή την απόσταση, η παρουσία του ήταν τεράστια. Το πρόσωπό του ήταν νεανικό και αγορίστικο, αλλά η συμπεριφορά του απέπνεε δύναμη. Τα μάτια του, ψυχρά και συγκεντρωμένα, υπαινίσσονταν ένα εκατομμύριο σκέψεις. Ήταν πειστικός, επαγγελματίας στο εμπόριο του.

Ξαφνικά, τα μάτια του έτρεξαν από το δάσος στο παράρτημα, κατευθείαν σε μένα. Πανικοβλήθηκα και πήδηξα μακριά από το παράθυρο. Τόσο για τις πρώτες εντυπώσεις.

Ξεπακετάρωσα τα υπόλοιπα πράγματά μου, αποφεύγοντας το παράθυρο. Η Ελένη επέστρεφε με τη στολή μου και με παρότρυνε να τη δοκιμάσω. Ήταν ένα φουσκωτό ρούχο: δαντελένια φούστα, μαύρο μπούστο και χαριτωμένοι ροζ φιόγκοι. Έμοιαζε διακεκριμένο αλλά και σαν κοστούμι καμαριέρας από πορνό. Ωστόσο, έδειξε καλά τις καμπύλες μου. Θα μπορούσα να το συνηθίσω.

«Πώς νιώθεις, αγαπητέ;» ρώτησε η Έλεν από την πόρτα.

«Είναι λίγο σφιχτό μπροστά».

Εκείνη μύησε. «Παλιά ήταν δικό μου».

Ωχ.

«Θα δω αν μπορώ να το προσαρμόσω αργότερα. Ξεκινάμε αύριο στις 5 το πρωί απότομα."

Ίσως δεν έπρεπε να πω τίποτα.

Ο κύριος Carawell και εγώ δεν διασταυρώθηκαν ποτέ όλη την εβδομάδα. Βρέθηκα σε άδεια δωμάτια, προσπαθώντας να μείνω στη σκιά ενώ καθάριζα. Περιστασιακά, έβλεπα τον κύριο Κάραγουελ ή τη σύζυγό του, ακολουθούμενοι συχνά από υπηρέτες. Αυτά τα περιστασιακά βλέμματα τροφοδότησαν μόνο την περιέργειά μου. Δεν είχα κάνει ποτέ μια δουλειά όπου δεν γνώρισα το αφεντικό μου. Ήθελα να τον χαιρετήσω, να τον καταλάβω. Ήταν όμως ανέγγιχτος, συνοδευόμενος πάντα από την κυρία Κάραγουελ ή έναν βοηθό. Από εκείνη την πρώτη νύχτα, δεν είχε ρίξει ποτέ μια ματιά προς την κατεύθυνση μου. Ήμουν μια σκιά στο αρχοντικό του.

КΕΦΆΛΑΙΟ 2

Τις ώρες που είχα άδεια, συχνά κατέβαινα στον στάβλο για να μιλήσω με τον Τζέιμς καθώς φρόντιζε τα άλογα. Θα ανταποκρινόμασταν ο ένας στις μέρες του άλλου, θα χαλαρώναμε με λίγη μπύρα για να χαλαρώσουμε από το φανταχτερό περιβάλλον. Προσπάθησα ό,τι μπορούσα να αντλήσω περισσότερες πληροφορίες για το αφεντικό μας από αυτόν, αλλά ο Τζέιμς ήταν εξίσου ανίδεος. Περιστασιακά, παρείχε κομμάτια κουτσομπολιά στα οποία είχα εμμονή.

«Έχετε δει την κυρία Κάραγουελ πρόσφατα; Η Σιντ μου λέει ότι έχει βαρεθεί τον Βίκτορ. Μπορεί ακόμη και να υπάρξει χωρισμός».

Ένιωσα την καρδιά μου να χτυπάει δυνατά στην προοπτική ενός και μόνου κύριου Κάραγουελ, παρόλο που το μυαλό μου μου έλεγε συνέχεια γιατί δεν σήμαινε τίποτα. Ήμουν μπερδεμένος γιατί ένιωθα έτσι για έναν τόσο μεγαλύτερο άντρα. Ήμουν απόφοιτος κολεγίου χωρίς χρήματα, απλό πρόσωπο και λίγα να προσφέρω σε έναν άνθρωπο σαν τον Βίκτορ. Αν ήταν συνηθισμένος σε γυναίκες του διαμετρήματος της κυρίας Κάραγουελ, δεν θα μπορούσα ποτέ να ελπίζω να συγκριθώ. Ωστόσο, το μυαλό μου έτρεχε με τις φαντασιώσεις του να μπαίνει στην κρεβατοκάμαρά μου αργά το βράδυ και να έχει τον δρόμο του μαζί μου. Δεν μοιράστηκα το μυστικό μου με τον Τζέιμς.

«Χα. Αναρωτιέμαι αν θα το κάνει πριν από το δείπνο του Lockheart. Όλοι είναι ήδη αγχωμένοι όπως είναι».

«Ας ελπίσουμε ότι θα περιμένει».

Ήλπιζα να περίμενε κι αυτή. Από την αυγή μέχρι το σούρουπο, φαινόταν ότι το μόνο για το οποίο μιλούσαν όλοι ήταν το επερχόμενο δείπνο με την ελπίδα να εξασφαλιστεί ένας νέος λογαριασμός για το χαρτοφυλάκιο του κ. Carawell. Κανείς δεν μίλησε για τις ακριβείς λεπτομέρειες της συμφωνίας, αλλά υπήρχαν φήμες για μπόνους χιλιάδων δολαρίων σε όλο το προσωπικό εάν η βραδιά κυλούσε ομαλά. Δεν ήταν ακριβώς χρήματα φιλανθρωπίας, αλλά εξακολουθούσα να έβρισκα τον σεβασμό του προς το προσωπικό του.

«Ψάχνουν για επιπλέον χέρια στο κατάστρωμα. Μπορώ να πω μια καλή λέξη για σένα αν το θέλεις».

Προσοχή κατά τη διάρκεια του δείπνου και το σερβίρισμα. Τοποθέτηση χαρτοπετσετών στους γύρους. Επαναπλήρωση ποτηριών κρασιού. Θα μπορούσα να το κάνω!

«Ω, Τζέιμς, θα ήταν φανταστικό! Σε ευχαριστώ πάρα πολύ!"

Καθώς του έδινα μια φιλική αγκαλιά, σκέφτηκα τι σήμαινε αυτή η ευκαιρία. Θα ήμουν στο ίδιο δωμάτιο με τον κύριο Κάραγουελ για ένα ολόκληρο βράδυ. Πίσω στον τοίχο και σιωπηλός, φυσικά. Το μυαλό μου έκρινε το σκεπτικό μου. Όμως η καρδιά μου χτυπούσε από ενθουσιασμό. Ίσως, απλώς ίσως, να με προσέξουν στα μάτια του.

Ο Τζέιμς είπε σίγουρα μια καλή λέξη για μένα, και μετά μερικά. Το επόμενο πρωί, η Ελένη με δοκίμασε την ικανότητά μου να σερβίρω. Ευτυχώς, είχα συνηθίσει τα τακούνια που φορούσα ως μέρος της στολής μου και μπορούσα να περπατάω με ευθύ, συνοπτικό τρόπο. Ακόμη και όταν ισορροπείτε πέντε πιάτα (ευχαριστώ, δουλειά σερβιτόρα έφηβη). Η λεπτομέρεια που απαιτούσε η Ελένη ήταν απόλυτη, από το πιγούνι μου που κρατούσα πάντα ψηλά μέχρι τον τρόπο που κρατούσα τα χέρια μου όταν περίμενα περαιτέρω οδηγίες. Αρκετές ώρες προπόνησης αργότερα, με δέχτηκαν στη θέση για το βράδυ. Ένιωθα ακόμα σαν να με αποδέχτηκε το δέρμα των δοντιών μου.

Την ημέρα του πάρτι, ένιωσα σαν να μπορούσα να διαλυθώ ανά πάσα στιγμή. Έλεγξα σχολαστικά το μακιγιάζ μου, το φόρεμά μου, τα μαλλιά μου, τη στάση μου. Και παρόλα αυτά, ευχόμουν να είχα περισσότερο χρόνο για προετοιμασία. Μέχρι να κυκλοφόρησε το 7, ήμουν ήδη στη σειρά με τους άλλους διακομιστές στην τραπεζαρία. Κάθε ζευγάρι μάτια ήταν στραμμένα στην πόρτα της εισόδου. Άνοιξε αμέσως στις επτά δεκαπέντε. Η Έλεν ήταν η πρώτη που ηγήθηκε, ακολουθούμενη από τον κύριο και την κυρία Κάραγουελ, αυτό που υπέθεσα ότι ήταν ο κύριος Λόκχαρτ και η σύζυγός του, και αρκετοί άλλοι άνδρες και γυναίκες που υπέθεσα ότι ήταν οι λακέδες τους. Καθώς η Έλεν εισήγαγε το σχέδιο ξυλουργικής στους τοίχους της τραπεζαρίας, συνέχισα να ελπίζω ότι το κεφάλι του θα γύριζε προς την κατεύθυνση μου. Καμία τέτοια τύχη, αν και ο κύριος Λόκχαρτ μου χάρισε ένα μικρό χαμόγελο όταν πέρασε. Αντέδρασα το χαμόγελο όσο καλύτερα μπορούσα ενώ η μυρωδιά του σώματός του εισέβαλε στα ρουθούνια μου.

Ήταν σαν συγχρονισμένος χορός. Έπαιξα τον συγχρονισμό μου με τους άλλους διακομιστές στο δεύτερο. στήσιμο ασημικών, παράδοση φαγητού, άναμμα των κεριών. Όταν έβαζα τη χαρτοπετσέτα της κυρίας Λόκχαρτ, παρατήρησα τον σύζυγό της να κοιτάζει στο στήθος μου. Σε συνδυασμό με την όλο και πιο οικεία μυρωδιά του από ουίσκι και ιδρώτα, κατέστειλα την επιθυμία για εμετό.

«Όμορφο σπίτι, Βίκτορ. Εάν η επιχειρηματική σας αίσθηση είναι τόσο καλή όσο η αίσθηση της διακόσμησης, βλέπω μια πολύ φωτεινή ροή εσόδων στο μέλλον μας."

Γελώντας, ο κύριος Κάραγουελ συνέχισε τις πωλήσεις του.

«Σίγουρα είμαι περήφανος για αυτό το μέρος. Αν και δεν μπορώ να πάρω όλα τα εύσημα, έχουμε ένα εξαιρετικό προσωπικό εδώ στο κτήμα Carawell. Τώρα, καταλαβαίνω ότι προτείνετε μια αντίστροφη διάσπαση στην Irvine Energy. Έχω ξαναδεί αυτό το μοτίβο. οι μέτοχοι θα έρθουν να χτυπήσουν την αξία τους...»

Η επαγγελματική συζήτηση με βαρέθηκε, οπότε επικεντρώθηκα στην ατμόσφαιρα. Η κυρία Κάραγουελ δεν είχε πει λέξη από τότε που μπήκε μέσα και φαινόταν να απέφευγε πάση θυσία τη συζήτηση του συζύγου της. Ο κύριος Κάραγουελ κυριαρχούσε ξεκάθαρα στη συζήτηση, ξεχωρίζοντας σχολαστικά κάθε σημείο του επιχειρηματικού σχεδίου της Λόκχαρτ. Ακόμη και με ένα μεγάλο έπαθλο στη γραμμή, δεν απέφυγε ποτέ να είναι βάναυσα ειλικρινής. Ωστόσο, ποτέ δεν πέρασε τη γραμμή από κριτικό σε προσβλητικό. Μπορούσα να καταλάβω γιατί ήταν καλός σε αυτό που έκανε. Ο Λόκχαρτ σήκωσε το ποτήρι του, δηλώνοντας την ανάγκη για ξαναγέμισμα. Ήλπιζα ότι κάποιος άλλος διακομιστής θα βοηθούσε, αλλά ο άντρας με κοιτούσε απευθείας. Κρατώντας το πρόσωπό μου ίσιο και κρατώντας την αναπνοή μου, άρπαξα το μπουκάλι του κρασιού από το μπαρ και επέστρεψα στο τραπέζι. Τα μάτια του άντρα με παραβίασαν με μεγάλο ενδιαφέρον. Αντιμετώπισα την επιθυμία να τρέξω μακριά, αντί να επικεντρωθώ στο να ρίξω το κρασί.

Το πρόσωπό μου κρύωσε καθώς ένιωσα την ξαφνική αίσθηση του χεριού του κυρίου Λόκχαρτ να τρέχει στη φούστα μου και να ψηλαφίζει τον πισινό μου. Με ξάφνιασε τόσο πολύ που έχασα τον έλεγχο του κρασιού. Μου έπεσε από τα χέρια, ψεκάζοντας όλο το κουστούμι του. Θα νόμιζες ότι έπεσε ένας πυροβολισμός με το πόσο βαλλιστική πήγε η Ελένη. Μέσα σε ένα δευτερόλεπτο ούρλιαζε.

«Νεέ Απρίλη, θα πάρεις τον κύριο Λόκχαρτ στην κουζίνα και θα καθαρίσεις το λάθος σου!»

Συνέχισε να ζητά συγγνώμη για αρκετή ώρα. Με ένα βάναυσα κόκκινο πρόσωπο, ήλπιζα ότι κάποιος είχε προσέξει τι είχε κάνει ο διεστραμμένος. Προφανώς όχι. Αντί για οργή εναντίον του, υπήρχε μόνο απογοήτευση απέναντί μου. Ο ηλίθιος διακομιστής που είχε χυθεί κρασί σε όλο τον σημαντικό επισκέπτη. Η σωτήρια χάρη ήταν ότι ο κύριος Λόκχαρτ δεν εξοργίστηκε ο ίδιος, αντίθετα επέμεινε ότι ήταν ένα απλό λάθος για τις άφθονες συγγνώμες της Έλεν. Κοίταξα τον κύριο Κάραγουελ. Με κοίταξε με ψυχρά, αυστηρά μάτια.

Τουλάχιστον τελικά έγινα αντιληπτός.

Ο νεροχύτης ήταν στο πίσω μέρος της κουζίνας. Το μυαλό μου τρελάθηκε από φόβο. Κι αν απολυθώ; Δεν είχα κανένα σχέδιο Β. Για πρώτη φορά από τότε που αποφοίτησα, δεν ανησυχούσα για το από πού θα προερχόταν ο επόμενος μισθός μου. Αν θα είχα αρκετά για να αγοράσω φαγητό για τον μήνα. Ο φόβος μήπως χάσω τη δουλειά μου ξεπέρασε τον φόβο αυτού του απωθητικού άντρα που στέκεται μπροστά μου. Έβρεξα μια πετσέτα με τον νεροχύτη και άρχισα να του χτυπάω το πουκάμισο. Το μυαλό μου ήταν τόσο αποσπασμένο που δεν κατάλαβα καν ότι ήμασταν μακριά από τα μάτια των μάγειρων.

«Εκεί, έκανες λάθος. Ολοι το κάνουμε. Σε λένε Απρίλιο;»

"Μάλιστα κύριε."

«Είναι πολύ όμορφο όνομα. Εχεις αγόρι;"

Οι προειδοποιητικές καμπάνες άρχισαν να χτυπούν στο κεφάλι μου. Ένιωσα παγωμένος στο σημείο, ανίκανος να αποφασίσω τι να κάνω.

«...Δεν νομίζω ότι είναι σωστό να ρωτήσω, κύριε».

«Φυσικά, είσαι επαγγελματίας. Ας μιλήσουμε τότε για δουλειά. Αγαπητέ April, ξέρεις γιατί είμαι εδώ;»

"Φυσικά Κύριε. Να συνεννοηθεί με τον κ. Κάραγουελ. Δεν μπορούσα να σας πω λεπτομέρειες. οι υπηρέτριες δεν ασχολούνται με αυτό».

«Δεν είσαι πολύτιμος; Και πάλι, αμφιβάλλω ότι ο Βίκτορ θα το έλεγε στο προσωπικό του. Βλέπετε, έχει περάσει δύσκολες στιγμές πρόσφατα. Λίγο κακή επιλογή στις επενδύσεις. Φυσικά, το κοινό δεν το γνωρίζει αυτό, αλλά χάνει την αξιοπιστία του. Είναι πολύ καλός στο να το κρύβει, αλλά χρειάζεται ανθρώπους σαν εμένα να συνεχίσουν να πληρώνουν για την πολυτελή ζωή που ζει. Κάτι που με τοποθετεί, τον επιχειρηματικό συνεργάτη, σε πολύ καλή θέση».

Ένιωσα το χέρι του στον ώμο μου. Κοιτάζοντας στα μάτια του, ένιωσα πολύ μικρός. Συνέχισε να μου μιλάει.

«Για να είμαι ειλικρινής, δεν είμαι σίγουρος ότι θέλω να συνεργαστώ πλέον με τον Βίκτορ. Τουλάχιστον αυτή είναι η απόφαση προς την οποία κλίνω. Έχει χάσει την άκρη του. Δεν είναι πια αξιόπιστο. Ωστόσο, είμαι άνθρωπος με κατανόηση και μπορώ να πειστώ. Θέλετε ο εργοδότης σας να έχει την επιχείρησή μου;»

Έγνεψα σιωπηλά. Το σώμα μου έτρεμε.

"Ετσι νόμιζα. Είσαι πολύ όμορφη. Νομίζω ότι μπορείς να με πείσεις περισσότερο από όσο μπορούσε ποτέ ο εργοδότης σου».

«Κύριε, εγώ...»

Έπιασε πρόχειρα τα μαλλιά μου, ακουμπώντας το πρόσωπό μου προς τα εμπρός στον καβάλο του. Μύριζε χειρότερα από τη μυρωδιά του.

«Καμία κουβέντα. Θα το κάνω απλό. Εσύ να με φροντίζεις, θα φροντίσω ο Βίκτωρ να μην χάσει αυτό το σπίτι. Εσύ αρνείσαι, όχι μόνο θα φροντίσω να χάσει ο Βίκτωρ το σπίτι του, αλλά θα φροντίσω να χάσεις και τη δουλειά σου. Θα φροντίσω να μην δουλέψεις ποτέ ξανά ως υπηρέτρια. Δεν θα το θέλαμε αυτό, αγαπητέ;»

Πνιγμένα δάκρυα. Το κεφάλι ιδρώνει άγρια. Το μυαλό μου ήξερε να τρέχει, να ουρλιάζει, αλλά το πιάσιμο του στα μαλλιά μου ήταν δυνατό. Στο διάολο η δουλειά μου. Φώναξα.

"ΑΣΕ ΜΕ!"

"Κύριος. Lockheart, τι στο διάολο συμβαίνει;"

Αυτή η φωνή. Γύρισα το κεφάλι μου για να δω τον κύριο Κάραγουελ να στέκεται όχι πέντε μέτρα μακριά. Τα μάτια του έτρεμαν με μια φωτιά που δεν είχα ξαναδεί.

«Αχ, Βίκτωρ».

Την ώρα που ήμουν ξαπλωμένη στο κρεβάτι μου τα δάκρυα είχαν σταματήσει. Το μυαλό μου ήταν ένας ανεμοστρόβιλος από σκέψεις και συναισθήματα, και δεν μπορούσα να διώξω το αίσθημα της ντροπής και του φόβου. Η δουλειά μου, το μέλλον μου, όλα φαίνονταν τόσο αβέβαια τώρα. Είχα συγκεντρωθεί τόσο πολύ στην ιδέα να εντυπωσιάσω τον κύριο Κάραγουελ, να τον κάνω να με προσέξει με θετικό τρόπο, αλλά τώρα όλα ήταν μολυσμένα.

Ένα χτύπημα στην πόρτα μου με έβγαλε από τις σκέψεις μου. Σκούπισα το πρόσωπό μου και πήρα μια βαθιά ανάσα πριν το ανοίξω. Στεκόταν εκεί ο κύριος Κάραγουελ, με την έκφρασή του αυστηρή αλλά με μια ένδειξη ανησυχίας στα μάτια.

"Μπορώ να μπω;" ρώτησε, με τη φωνή του πιο απαλή από όσο περίμενα.

Έγνεψα καταφατικά και έκανα στην άκρη για να τον αφήσω να μπει. Έκλεισε την πόρτα πίσω του και γύρισε προς το μέρος μου.

«Απρίλιος, θέλω να ζητήσω συγγνώμη για αυτό που συνέβη απόψε. Η συμπεριφορά του κ. Λόκχαρτ ήταν εντελώς απαράδεκτη και σας διαβεβαιώνω ότι θα αντιμετωπιστεί ανάλογα».

«Ευχαριστώ, κύριε», ψιθύρισα με τη φωνή μου να τρέμει. "Ημουν τόσο τρομαγμένος."

Πήγε πιο κοντά, με τα μάτια του να μαλακώνουν. "Μπορώ να φανταστώ. Δείξατε μεγάλο θάρρος να του σταθείτε. Είμαι περήφανος για σένα για αυτό."

Τον κοίταξα, έκπληκτος από τα λόγια του. «Αλλά έχυσα το κρασί και...»

Σήκωσε το χέρι του για να με σταματήσει. «Η διαρροή ήταν ατύχημα. Αυτό που έχει σημασία είναι πώς χειριστήκατε τον εαυτό σας σε μια δύσκολη κατάσταση. Δεν έκανες τίποτα κακό."

Τα λόγια του έφεραν μια μικρή αίσθηση ανακούφισης, αλλά ακόμα ένιωθα το βάρος των γεγονότων της βραδιάς να με πιέζει. «Απλώς προσπαθούσα να κάνω τη δουλειά μου. Δεν ήθελα να προκαλέσω κανένα πρόβλημα».

«Δεν προκάλεσες κανένα πρόβλημα, Απρίλη. Αν μη τι άλλο, αποκάλυψες τον αληθινό χαρακτήρα ενός άνδρα με τον οποίο σκεφτόμασταν να κάνουμε επιχειρήσεις. Αυτό είναι ανεκτίμητο."

Έγνεψα καταφατικά, νιώθοντας ακόμα ένα μείγμα συναισθημάτων. "Σας ευχαριστώ, κύριε."

Μου χάρισε ένα μικρό, καθησυχαστικό χαμόγελο. «Πάρτε το υπόλοιπο της νύχτας για να ξεκουραστείτε. Θα αναλάβουμε τα πάντα από εδώ. Και να ξέρεις ότι δεν είσαι μόνος σε αυτό».

Καθώς γύρισε να φύγει, ένιωσα ένα κύμα ευγνωμοσύνης. "Κύριος. Κάραγουελ;»

Έκανε μια παύση και με κοίταξε πίσω. "Ναί;"

"Ευχαριστώ. Για όλα."

Έγνεψε καταφατικά, με την έκφρασή του σοβαρή. «Καλώς ήρθες, Απρίλη. Καληνυχτα."

"Καληνύχτα κύριε."

Καθώς η πόρτα έκλεινε πίσω του, ένιωσα μια περίεργη αίσθηση ηρεμίας να με πλημμυρίζει. Η νύχτα ήταν εφιάλτης, αλλά στο τέλος, είχα βρει έναν απρόσμενο σύμμαχο στον κύριο Κάραγουελ. Κουλουριάσθηκα στο κρεβάτι μου και τελικά με κυρίευσε η εξάντληση. Παρ' όλα αυτά, ένιωσα μια αχτίδα ελπίδας. Ίσως τελικά τα πράγματα να ήταν καλά.

ΚΕΦΆΛΑΙΟ 3

Κοιτάζοντας το ταβάνι με τη στολή μου, τα γεγονότα της βραδιάς επαναλαμβάνονταν στο κεφάλι μου σαν σπασμένος δίσκος. Ήμουν ευγνώμων που ο Βίκτορ είχε παρέμβει για να με σώσει, αλλά ένιωσα βαθιά ντροπή που δεν μπορούσα να διαχέω την κατάσταση μόνος μου. Καμία δουλειά δεν άξιζε να παρενοχληθείς. Τι γίνεται όμως με τη δήλωση του κ. Lockheart ότι ο Victor είναι υποκριτής; Προφανώς είχαν ιστορία μαζί. Τι είδους άνθρωπος ήταν τότε ο Βίκτωρ; Τι είδους άνθρωπος ήταν τώρα;

Μετά από περίπου μια ώρα προβληματισμού, αποφάσισα για τρία πράγματα. Ένα, σε τίποτα δεν έφταιγα εγώ. Ο κύριος Λόκχαρτ ήταν ένας εγωιστής διεστραμμένος, και αν ήμουν αρκετά άτυχος να διασταυρώσω ξανά μαζί του, είτε θα τον φώναζα είτε θα τον απέφευγα εντελώς. Δεύτερον, έπρεπε να είμαι πιο έξυπνος στο να βάζω τον εαυτό μου σε αυτές τις καταστάσεις. Είχα πολύ ιππασία σε αυτή τη δουλειά, αλλά η ασφάλειά μου ήταν πολύ πιο σημαντική. Τρίτον, ο κύριος Κάραγουελ ήταν ο σωτήρας μου. Έπρεπε να του δείξω πόσο ευγνώμων ήμουν που παρενέβη και να αποδείξω ότι είχα μάθει από την εμπειρία και ότι θα ήμουν πιο ξεροκέφαλος στο μέλλον. Δεν ήμουν αβοήθητος και δεν ήμουν υπόχρεος στο προσωπικό του. Αυτό, φυσικά, προϋπέθετε ότι δεν θα με απέλυε εντελώς. Τα λόγια της Ελένης αφού έχυσα το κρασί ήταν ακόμα τσιμπημένα.

Τοκ τοκ. Η στιγμή που ταυτόχρονα περίμενα και φοβόμουν είχε φτάσει. Στην άλλη πλευρά της πόρτας του υπνοδωματίου μου, ο κύριος Κάραγουελ στεκόταν μόνος. Δεν είχε σταματήσει να αλλάξει από το δείπνο, ντυμένος ακόμα με το παρθένο σμόκιν του. Τα μάτια του είχαν τους πιο χλωμούς δακτυλίους που σχηματίζονταν από κάτω τους, και η στολή του φαινόταν τσαλακωμένη και αναστατωμένη. Τα πράγματα έγιναν βίαια ανάμεσα σε αυτόν και στον κύριο Λόκχαρτ; Ο τρόπος που στεκόταν ήταν επιβλητικός, σαν έτοιμος να μαλώσει ένα κατοικίδιο. Η διάθεση που γέμισε το δωμάτιο μου είπε όλα όσα έπρεπε να ξέρω. Δεν ήθελε να ασχοληθεί μαζί μου αυτή τη στιγμή. Μάλλον ντρεπόταν να το κάνει. Έσπασα τη σιωπή, ελπίζοντας ότι η πίστη θα εμπνεύσει έλεος.

«...Λυπάμαι, κύριε Κάραγουελ».

Έδειξε σιωπηλά το κρεβάτι, κάνοντάς μου νόημα να καθίσω. Υπάκουσα, βάζοντας τα χέρια μου στην αγκαλιά μου, τα μάτια μου έδειχναν επίσημα προς το έδαφος. Ο κύριος Κάραγουελ τράβηξε μια καρέκλα και κάθισε ακριβώς μπροστά μου. Άφησε τη σιωπή να κρέμεται στον αέρα. Οι πνεύμονές μου ένιωθα ότι σταμάτησαν να λειτουργούν. Χρειάστηκε όλη μου η θέληση για να συναντήσω το περιφρονητικό βλέμμα του.

«Απρίλιος, είναι;»

Κούνησα ελαφρά το κεφάλι.

«Έχει περάσει καιρός από τότε που ρώτησα για ένα από το προσωπικό της Helen. Είστε πρόσφατα απόφοιτος του Wesleyan σε έναν άσχετο τομέα. Τραγικά δεν μπορέσατε να βρείτε μια κατάλληλη θέση, έτσι πήρατε μια κενή θέση εδώ ως προσωρινή βοήθεια. Το στάβλο αγόρι μου σε παρέπεμψε, αν με απατά η μνήμη. Πώς σου ταίριαξε η πρώτη σου εβδομάδα στην έπαυλη; Συντριπτικό, είμαι σίγουρος.»

Και πάλι, μετά βίας μπορούσα να κάνω ένα νεύμα.

«Είσαι λίγο σπάνιος. Οι περισσότερες επαγγελματίες καμαριέρες θα θεωρούσαν αυτή τη θέση πολύ επιθυμητή. Κάποιοι μπορεί να το θεωρήσουν ακόμη και μια ονειρεμένη δουλειά. κορυφή της γραμμής για τον τομέα τους. Όταν εξέτασα τις αιτήσεις, οπωσδήποτε, θα έπρεπε να σας σχολιάσω. Μικρή εμπειρία. Χωρίς παραπομπές. Μόνο μια σύσταση από ένα αγόρι που περνά τις μέρες του δουλεύοντας με τα άλογα. Κι όμως, εδώ είσαι. Εξυπηρετώ την περιουσία μου."

Που πήγαινε με αυτό;

«Η ειδικότητά μου είναι να προβλέπω τάσεις, Απρίλιο. Βλέποντας δυνατότητες ανάπτυξης. Επιφανειακά, είναι κέρδη, έσοδα. Αλλά είναι ένα δώρο που χρησιμοποιώ σε όλη μου τη ζωή. Με φίλους, συναδέλφους, σχέσεις. Έχω ανακαλύψει ότι όταν αντιμετωπίζω μια απόφαση, το ένστικτό μου είναι καλύτερο από οποιαδήποτε άλλη σύγκριση. Μέσα από αυτήν την εφαρμογή, το ένστικτό μου σε είδε».

Εδώ έρχεται. Πώς το ένστικτό του ήταν λάθος αυτή τη φορά. Πώς καταφέρνει να γλιστρήσει περιστασιακά.

"Κύριος. Η Lockheart επέλεξε να μην χρησιμοποιήσει τις υπηρεσίες μου."

Φροντίστε τον εαυτό σας...

«Ο Απρίλιος, φταίω εντελώς εγώ. Πήγα κόντρα στο ένστικτό μου. Δεν έπρεπε να ήταν ποτέ εδώ εξαρχής».

Ένα τεράστιο βάρος αφαιρέθηκε από πάνω μου σε μια στιγμή. Συνάντησα το βλέμμα του με περίεργα μάτια. Αν δεν ήταν εδώ για να με επιπλήξει, γιατί χρειαζόταν να εμφανιστεί καθόλου;

«Είμαι... Χαίρομαι που το ακούω, κύριε Κάραγουελ. Φοβόμουν τόσο πολύ που τα είχα μπερδέψει».

"Κύριος. Ο Λόκχαρτ ήταν ένας παλιός μου φίλος. Από άλλη εποχή, πριν ωριμάσω. Λυπάμαι που παραβιάστηκες, έπρεπε να είχα δράσει νωρίτερα».

Απλώνοντας το χέρι, πήρε το χέρι μου στα δικά του. Το στόμα μου άναψε καθώς ο ηλεκτρισμός χόρευε στα δάχτυλά μου.

"Κύριος. Κάραγουελ... Να σου κάνω μια ερώτηση;»

Αυτός έγνεψε.

«Ήσουν πραγματικά κάποτε σαν αυτόν; Σε αποκάλεσε υποκριτή...»

Αναστενάζοντας βαθιά, μου άφησε το χέρι και κοίταξε έξω από το παράθυρο.

Λες και τα επόμενα λόγια του ήταν τα πιο σημαντικά στον κόσμο.

«Δεν είμαι περήφανος για το πού βρίσκομαι τώρα, αλλά είμαι ακόμη λιγότερο περήφανος για το πού βρισκόμουν. Ναι, Απρίλη, δεν ήμουν καλός άνθρωπος. Ήμουν καταχρηστικός, ασεβής, τρομερός. Νόμιζα ότι ήταν η κανονικότητα αυτής της άθλιας βιομηχανίας. Λοιπόν, υποθέτω ότι είναι η κανονικότητα. Όπως δυστυχώς είδατε νωρίτερα σήμερα το απόγευμα. Αυτά τα τέρατα θεωρούν τον εαυτό τους ανέγγιχτο».

"Μα τι γίνεται με εσάς και τη γυναίκα σας; Ήσασταν πραγματικά έτσι όταν γνωρίσατε την κυρία Κάραγουελ;"

Γελώντας ελαφρά, ο κύριος Κάραγουελ συνέχισε.

"Ο Scarlet είναι ακριβώς όπως αυτοί. Οδηγώντας τα άκρα της επιτυχίας, ό,τι κι αν συνεπάγεται η ύβρις. Προσπαθώ να απελευθερωθώ χρόνια τώρα. Αλλά δυστυχώς, η καριέρα μου είναι το μόνο πράγμα στο οποίο έχω χρόνο να αφιερώσω τώρα."

Τα λόγια του έμοιαζαν τόσο λυπηρά. Σε μια στιγμή, η στάση μου απέναντί του άλλαξε από εκφοβισμό σε οίκτο. Δεν άντεχα να βλέπω έναν τόσο ισχυρό άνδρα σε τόσο οικεία ψυχική κατάσταση. Ακόμη περισσότερο, δεν άντεχα να μην κάνω κάτι για αυτό.

«Κύριε Κάραγουελ... Να σας κάνω μια ακόμη ερώτηση;»

Αφιερώνοντας το χρόνο του για να απαντήσει, μίλησε ο κ. Κάραγουελ.

"Μόνο ένα."

"Υπάρχει κάτι που μπορώ να κάνω για σένα; Πέρα από τα συνηθισμένα μου καθήκοντα, δηλαδή. Με έσωσες απόψε. Θέλω να ανταποδώσω τη χάρη."

Με κοίταξε, ένα μείγμα έκπληξης και περιέργειας στα μάτια του. "Απρίλιος, δεν χρειάζεται να κάνεις τίποτα περισσότερο. Η ασφάλεια και η ευημερία σου είναι αυτά που είναι σημαντικά. Αλλά αν θέλεις πραγματικά να βοηθήσεις, απλά να είσαι ο εαυτός σου και να συνεχίσεις να κάνεις ό,τι καλύτερο μπορείς εδώ. Αυτό είναι το μόνο που ζητάω."

Ένιωσα μια ζεστή αίσθηση ευγνωμοσύνης και ανακούφισης. «Ευχαριστώ, κύριε Κάραγουελ. Θα βάλω τα δυνατά μου».

Χαμογέλασε, ένα γνήσιο, ζεστό χαμόγελο που με έκανε να νιώσω ασφάλεια. "Ωραία. Τώρα ξεκουράσου λίγο. Έχουμε πολλά να κάνουμε αύριο."

Καθώς γύρισε να φύγει, ένιωσα μια περίεργη αίσθηση ηρεμίας να με πλημμυρίζει. Η νύχτα ήταν εφιάλτης, αλλά στο τέλος, είχα βρει έναν απρόσμενο σύμμαχο στον κύριο Κάραγουελ. Κουλουριάσθηκα στο κρεβάτι μου και τελικά με κυρίευσε η εξάντληση. Παρ' όλα αυτά, ένιωσα μια αχτίδα ελπίδας. Ίσως τελικά τα πράγματα να ήταν καλά.

ΚΕΦΆΛΑΙΟ 4

Έγινε ένα ήπιο τράβηγμα στα μαλλιά μου. Βγάζοντας το μέλος του έξω με ένα ήπιο ποπ, κίνησα ξανά το κεφάλι μου για να ικανοποιήσω το βλέμμα του. Γίνεται ένα μικροσκοπικό σκέλος σάλιου που περπατά στο πηγούνι μου και ένα χαρούμενο χαμόγελο στο πρόσωπό μου. Ο κύριος Κάραγουελ μου έδωσε μια απλή εντολή.

"Πιο βαθιά, Απρίλη. Πάρ' το μέχρι το τέλος."

Καθώς έριξα μια ματιά στο μεγάλο μέλος κάτω από το πηγούνι μου, αμφέβαλα ότι έπρεπε.

«Κύριε, εγώ...»

"Δεν υπάρχουν λόγια, Απρίλη. Χαλαρώστε".

Τα συναισθήματα με διαπέρασαν. Αμφιβολία, για τα δικά μου ταλέντα. Φόβος για την αμεσότητά του. Θυμός, για την αδιαφορία του για τα δικά μου συναισθήματα. Αυτό που κέρδισε όλους τους άλλαξε σε επιλογή. Το Deepthroating δεν ήταν ποτέ κάτι στο οποίο μετέτρεψα σε επιθυμητό. Με τον καιρό άλλαξε στην έρευνα. Τι καλύτερο χρόνο για εξάσκηση από τώρα;

«Εκτός πορείας, κύριε Κάραγουελ».

Κοιτάζοντας για άλλη μια φορά τον κόκορα, ρουφούσα τόσο επιμελώς, η πεποίθησή μου άλλαξε. Αυτό που κάποτε ήταν ζέστη και ελκυστικό, τώρα φαινόταν σαν ένα βουνό για σκαρφάλωμα. Δοκιμή των δυνατοτήτων μου. Μια ευκαιρία να ξεπεράσω τα όριά μου. Πήρα το πέος του στο στόμα μου και κατέβηκα όπως θα έπρεπε. Σιγά σιγά, απαλά. Έγινε ακόμα πιο αποτελεσματικό στα μισά του δρόμου. Χαλάρωσα το σαγόνι μου όσο θα έπρεπε, ανακούφισα τη μυϊκή μου μάζα. Αλλά αυτό έγινε το μόνο που έπρεπε να κάνω. Ένιωσα ξανά τα χέρια του κυρίου Κάραγουελ στο κεφάλι μου ξανά.

"Χαλάρωσε, Απρίλη. Δεν έχω καμία αμφιβολία ότι μπορείς."

Προς έκπληξή μου, άρχισε να σπρώχνει στο πίσω μέρος του κεφαλιού μου. Με οποιονδήποτε άλλο άντρα θα είχα εξοργιστεί. Αλλά δεν μπορούσα να πω όχι στον κ.

Carawell. Αντ 'αυτού, έλαβα τη δύναμή του ως κίνητρο, βοήθεια για αυτήν την επιχείρηση. Έγινε ένα εκπληκτικό θέμα. Ένιωσα το πίσω μέρος του λαιμού μου να φωτίζεται. Έγινα ικανός να χαμηλώσω ακόμα περισσότερο. Έγινε μια φοβερή, ικανοποιητική αίσθηση να βιώνω ότι ο κόκορας του χτυπά στο κάτω μέρος του λαιμού μου. Με τις παλάμες του ως δυναμική βοήθεια, έλεγξα να βγάλω κάθε ίντσα του πέους του μέσα μου. Έμεινε έτσι για μερικά δευτερόλεπτα καθώς ανέπνεα από το ρουθούνι μου. Ο κύριος Κάραγουελ μου χάιδεψε τα μαλλιά.

«Καλή γυναίκα...»

Αυτή ήταν όλη η βοήθεια που έπρεπε να διατηρήσω. Σέρνοντας τα χείλη μου δίπλα στον άξονα του, κίνησα το στόμα μου προς τα πίσω όσο το πάνω μέρος του πέους του. Χωρίς καν να πάρω ένα ερείπιο πήγα με το πίσω πετάλι στο χερούλι. Έγινε λιγότερο περίπλοκο τη δεύτερη φορά, όταν το στόμα μου είχε χαλαρώσει. Σύντομα επαρκώς επέστρεφα σε μια ξέφρενη ταχύτητα, ρουφώντας και γλείφοντας με μια αβάσιμη επιθυμία. Οι αντιδράσεις του κ. Carawell παρέμειναν οι ίδιες. ελαφρές επιβεβαιώσεις απόλαυσης αλλά συνηθισμένες επιταγές. Κατά κάποιο τρόπο, μεγάλωσε για να γίνει εγώ ακόμη περισσότερο. Με έκανε εμπειρία χρησιμοποιημένη, υποταγμένη. Σαν να του γίνομαι πιο εύχρηστο παιχνίδι. Με άλλον άντρα θα το είχα ανακαλύψει εξευτελιστικό. Αλλά με τον κύριο Κάραγουελ... έγινα περήφανος που ήμουν η τσούλα του.

Δεν υπάρχει καμία προσοχή όσο έφτασε εδώ. Μόνο ένα διευρυμένο κράτημα στα μαλλιά μου και η αλμυρή γεύση του σπέρματος στο λαιμό μου. Δούλευα το κεφάλι με τη γλώσσα μου όταν συνέβη, οπότε γρήγορα πήρα ολόκληρο τον άξονα μέχρι τη μέση του καθώς τα σχοινιά του cum προσγειώθηκαν βαθιά μέσα μου. Για να είμαι ειλικρινής, δεν υπέγραφα καν μεγάλη γεύση. Μετατράπηκε σε δική μου ευθύνη να ευχαριστήσω τον κύριο Κάραγουελ, και δεν ένιωσα τίποτα άλλο παρά απόλαυση που τον έκανα σε οργασμό.

Ο κύριος Κάραγουελ με σήκωσε από το πηγούνι αφού τελείωσε. Άλλαξα σε να αναπνέω περισσότερο από ό,τι εκείνος. Χαρίζοντας ένα χαμόγελο, μίλησα.

«Καλά έκανα;

Αυτός χαμογέλασε.

"Ω Απρίλη. Δεν έχουμε ερμηνευτεί αλλά. Στο κρεβάτι. Στην πλάτη σου."

Ήλπιζα να το έλεγε αυτό. Υπακούοντας επιμελώς, ξάπλωσα στο κρεβάτι καθώς έπαιρνε τη ζώνη από το παντελόνι του στο πάτωμα. Το γνώριμο αίσθημα δυσφορίας έτρεξε και μετατράπηκε σε γρήγορα αποκλεισμένο από τις σκέψεις μου. Απλά υποθέστε, έδωσα οδηγίες στον εαυτό μου. Μια ώρα στο παρελθόν σκέφτομαι ότι μπορεί να είμαι στους δρόμους. Τώρα ετοιμαζόμουν να κάνω σεξ με έναν ελκυστικό εκατομμυριούχο. Τι θα γινόταν λοιπόν αν ήταν ένα άγγιγμα τραχύ; Όπως αποδεικνύεται από το πόσο βρεγμένος ήμουν, συμμετείχα στο πόσο επιβλητικός και εκφοβιστικός γινόταν. Λάτρεφα πώς έπαιρνε την τιμή, πώς έγινα εκεί βασικά για να τον χρησιμοποιήσω προς όφελός του. Το συναίσθημα μετατράπηκε σε λυτρωτικό, κατά κάποιο τρόπο. Κανένα συναίσθημα. Χωρίς συναισθήματα. Απλά καθαρή, ωμή συνουσία.

Ο κύριος Κάραγουελ σήκωσε τα δάχτυλά μου πάνω από το κεφάλι μου. δένοντας τους καρπούς μου στο πλαίσιο του κρεβατιού μαζί με τη ζώνη του. Γκούρισα και τσούξωσα σαγηνευτικά, επαναλαμβάνοντας την επιθυμία μου να με γαμήσουν καθώς έβγαζε αργά τα ρούχα του με επαγγελματισμό. Κάθε κουμπί στη ντυμένη μπλούζα του υποτίθεται ότι έπρεπε να περιμένω άλλο ένα δευτερόλεπτο. Η προσμονή σχεδόν με σκότωσε. Τελικά, έγινε γυμνός, όρθιος και με ενοχλούσε πεινασμένα. Ήταν καιρός.

Ο κόσμος σταμάτησε καθώς με διαπέρασε. Χήνα άναψαν σε όλο μου το δέρμα. Ένιωσα κάθε τελευταία ίντσα του πέους του να γλιστράει μέσα μου με έναν απολαυστικό ρυθμό. Ο κύριος Κάραγουελ είχε τα μάτια του κλειστά. Οι δικοί μου είχαν έναστρο βλέμμα, κυλούσαν πίσω στο κεφάλι μου καθώς έκανα ξανά καμάρα. Ένιωθα εντελώς σε αντίθεση με οποιονδήποτε άλλο άντρα που είχα πάει. Κάτι για το ξαφνικό της κατάστασης των πραγμάτων, τη δύναμη που ασκούσε πάνω μου, την περιφέρεια του πούτσου του. Όλα αναμειγνύονταν με ένα συναίσθημα που χαροποιεί την τεράστια απογοητευμένη μου απογοήτευση. Έμεινε έτσι για λίγο, ο κόκορας έθαψε βαθιά μέσα μου. Πιθανότατα ήθελε να βιώσει πλήρως το συναίσθημα νωρίτερα από το να προχωρήσει. δεν με πείραξε.

Καθώς οι γοφοί του κινούνταν πέρα δώθε η αναπνοή μου επιταχύνθηκε επίσης. Έπρεπε να διατηρήσω όσο το δυνατόν πιο ησυχία, υπήρχαν άλλες υπηρέτριες και μπάτλερ μέσα από αυτούς τους τοίχους και περνούσαν από την εξωτερική πόρτα μου. Αλλά καθώς ο ρυθμός του αυξανόταν, δεν μπορούσα να μην γκρινιάξω ήσυχα. Μπρος-πίσω, νιώθοντας όλη τη διάρκεια του κόκορα του να περνά μέσα κι έξω από μένα. Εκεί μετατράπηκε σε μια πολύ ιδιαίτερη κίνηση με την οποία μετατράπηκε στο να φορέσει τον εαυτό του. Χτύπησε ακριβώς την κατάλληλη απόσταση πριν βουτήξει πίσω, έλεγξε την αναπνοή του ως α

 επαγγελματίας δρομέας θα. Ακριβώς όπως εύχομαι να μην ήταν δεμένα τα δάχτυλά μου για να μπορούσα να τα τρίψω σε όλο το δυσκίνητο στήθος και στο κάτω μέρος της πλάτης του, με φίλησε.

Πιο συγκεκριμένα, με φίλησε στο λαιμό. Έθαψε το πρόσωπό του στην ουσία του, δαγκώνοντας απαλά. Ενώ το ανάμεικτο συναίσθημα της χήνας και του γαργαλητού ξεδιπλώνεται στο πρόσωπό μου, ο κύριος Κάραγουελ άρχισε να επιταχύνει τον ρυθμό. Τα εγκεφαλικά του δεν ήταν πλέον κρύα και υπολογισμένα. Είχαν γίνει πιο φρενήρεις, σαν να είχε εξετάσει τα νερά και να είχε υποχωρήσει τώρα στην επιλογή του. Η ζεστασιά που ακτινοβολούσε από το σώμα του γίνεται ισχυρή. Η ανάσα του στρίμωξε το αυτί μου καθώς με γαμούσε. Κούνησα το κεφάλι μου για ένα φιλί στα χείλη του. Σχεδόν σαν να προέβλεψε την κίνησή μου, έτρεξε τη γλώσσα του προς τα κάτω προς την κατεύθυνση του στήθους μου. Γλείφει και πιπιλίζει το στήθος μου καθώς το πέος του επέμενε να με γεμίζει. Λίγο απογοητευτικό, αλλά οι αισθήσεις πέρασαν μέσα από το πλαίσιο μου σαν φωτιστικά. Δεν μπορούσα να το βοηθήσω, οι γκρίνιες μου γίνονταν πιο δυνατές κατά τη διάρκεια του δωματίου.

Κάποια στιγμή, ενώ έγινε έμπιστος από ψηλά, είχε καταφέρει να αποσυνδέσει τη ζώνη από τους καρπούς μου. Δεν ήξερα καν ότι τα δάχτυλά μου έπεφταν μέχρι το μαξιλάρι μέχρι που με κατέβασε. Στο στήθος μου η στεφανιαία καρδιά μου χτυπούσε άγρια. Το δωμάτιο μύριζε ήδη σεξ. Κοιτάζοντας τον κύριο Κάραγουελ, τα μάτια του περιπλανήθηκαν σε κάθε τελευταία ίντσα της αναστατωμένης στολής μου. Πέρασα τα δάχτυλά μου πάνω από το στήθος του, γυαλίζοντας από τον ιδρώτα ενός πολύ καλού γαμήματος. Η γυναικεία μου ηλικία πονούσε με τη λαχτάρα του κόκορα του. Κάποιοι μπορεί να πουν ότι γίνεται επώδυνο. Ο κ. Κάραγουελ το ήξερε αυτό. ο τρόπος που με έλεγξε έδειξε ότι του άρεσε η προσμονή μου. Λάτρεψε το πείραγμα. Του άρεσε να με χειραγωγεί.

"Στην κορυφή. Τώρα."

Με μια κονσέρβα στον καρπό μου, μετατράπηκα σε σύρθηκε έξω από το στρώμα. Ο κύριος Κάραγουελ κάθισε πίσω στην καρέκλα, και εγώ τον ακουμπούσα επισφαλώς. Τον κοίταξα στα μάτια. Πρόθυμος. Λαχτάρα. Καύση. Από τα μάτια του ένιωθα μακριά από το ίδιο. Ένιωσα χαρά στα μάτια του. Εξουσία. Επιθυμία. Με το αριστερό του χέρι άρπαξε τα μαλλιά μου σε ένα μόνο πεσμένο μπλοκ. Έσυρα το κεφάλι μου στο λαιμό του και μείωσα με χάρη. Η φούστα μου χύθηκε πάνω από τα πόδια του καθώς καρφώθηκα ξανά στον κόκορα του.

Αυτό έγινε απολύτως μια μοναδική αίσθηση. Καθώς κάθε εκατοστό έμπαινε μέσα μου, τα χέρια μου τεντώθηκαν, τυλιγμένα γύρω από τους ώμους του. Στο αυτί μου ένιωσα τη ζέστη της ανάσας του να χαϊδεύει ελαφρά. Ο κύριος Κάραγουελ τοποθέτησε τα χέρια του στους γοφούς μου, αλλά παρόλα αυτά διαχειριζόμουν τον ρυθμό. Προς το παρόν. Άλλα λίγα δευτερόλεπτα και έγινε απόλυτα θαμμένος μέσα μου. Το δωμάτιο έγινε σιωπηλό εκτός από την απαλή μου αναπνοή. Πήρα τα δάχτυλά μου και τα τοποθέτησα στους ώμους του, νιώθοντας την ενέργεια της μυϊκής του μάζας κάτω από τα δάχτυλά μου. Άρχισα να κινούμαι.

Μεταβλήθηκε σε σταδιακά έργα ζωγραφικής πριν από όλα. Οι γοφοί μου κινήθηκαν προς τα εμπρός απλώς αρκετά για να διατηρήσουν τη σωστή προοπτική. Αγάπησα την αίσθηση του στήθους μου να πιέζει το στήθος του μέσα από το ύφασμα της στολής μου. Μετά κινήθηκα προς τα πίσω, αγγίζοντας το μέτωπό μου στον κύριο Κάραγουελ μέσα στο σύστημα. Νιώθοντας τις εκπνοές της αναπνοής μας να ανακατεύονται. Στα πόδια μου άντεξα να λικνίζομαι μπρος-πίσω. Έγινε μια ολοκαίνουργια λειτουργία για μένα, ωστόσο ο σουρεαλισμός της δοκιμής δεν είχε γίνει ακόμα πιο αδύνατος. Μετατράπηκε σε σχεδόν σαν εξάρτηση. Απλώς δεν μπορούσα να σταματήσω. Με κάθε ματιά στον κύριο Κάραγουελ ένιωθα σχεδόν πλήξη από αυτόν. Ήταν συνηθισμένος σε υποτονικό σεξ; Σε αυτή την ιδέα, τον άλεσα πιο γρήγορα. Πιάνοντας τους ώμους του σφιχτά, χτυπώντας ουσιαστικά το στήθος μας συλλογικά. Η περηφάνια που ένιωσα έγινε εξαιρετικά ακραία και σύντομα μετατράπηκα στο να νιώσω ξανά τη ζέστη της στιγμής. Γρηγορότερα. Πιο δυνατα. Πιο παθιασμένα. Εκείνη τη στιγμή, ένιωσα σαν σεξουαλική θεά.

Τα χέρια λίγο πολύ έπιασαν τους γοφούς μου. Σταμάτησα στο δευτερόλεπτο για να δω τον κύριο Κάραγουελ να με παρακολουθεί. Ακόμα δεν ήταν ευχαριστημένος. Τον ένιωσα να ανεβαίνει από κάτω. Υπήρξαν μόνο κάποιες ωθήσεις νωρίτερα από ό,τι ο ρυθμός του έγινε φρενήρης. Με γεμίζει μέχρι το τέλος, άντληση με εξαιρετική αμοιβή. Δεν άλλαξε σε κανέναν τρόπο που μπορεί να θέλω να κρατήσω στα μουγκρητά που πλημμύρισαν το δωμάτιο καθώς με γαμούσε ηλίθια. Με κάθε ώθηση ο κύριος Κάραγουελ κινούσε τους γοφούς μου για να εκπληρώσω τις ενέργειές του. Δεν ένιωσα ότι έκανα έρωτα. Ένιωσα ότι άλλαξε τη χρήση του σώματός μου για την προσωπική του απόλαυση. Σε εκείνο το 2ο, σε εκείνο το δωμάτιο, η ιδέα με άναψε πάρα πολύ.

Όλα έγιναν θολά. Θάφτηκα στους ώμους του καθώς ένιωσα τη συσσώρευση στη γυναικεία μου ηλικία. Χτύπησε με τα νύχια που επέστρεφα, σκίζοντας τη στολή σε ορισμένα σημεία. Η καρέκλα τινάχτηκε με τόση πίεση που βεβαιώθηκα ότι θα μπορούσε να πέσει. Το μυαλό μου θα έπρεπε καλύτερα να δώσει προσοχή στην αίσθηση του πουλί του να μπαίνει συνεχώς μέσα μου με φρενήρη ρυθμό. Δεν μπορούσα να το προλάβω.

"Έρχομαι!"

Ο κύριος Κάραγουελ σταμάτησε να σπρώχνει. Άρχισα να αλέθω ξανά πριν τύλιξε το χέρι του γύρω από το λαιμό μου. Όχι σφιχτά, ωστόσο αρκετά σταθερά για να επιβάλει την ιδέα στην οποία μετατράπηκε υπό έλεγχο. Μου πήρε μια στιγμή για να υπογράψω τι έγινε.

«Απρίλη, δεν θα έρθεις τώρα μέχρι να το πω».

Κούνησα καταφατικά το κεφάλι μου όσο θα έπρεπε. Ήταν μάταιο κι ας. Δεν μπορούσα να αψηφήσω τον κύριο Κάραγουελ. Με το χέρι του στο λαιμό μου, έγειρα στα χείλη του. Χαμήλωσε το φιλί, αλλά με μισή καρδιά. Σαν να μετατράπηκα σε ορκισμένη πίστη σε αυτόν. γίνεται αναγνώριση της υποταγής μου. Τα χείλη μας ήταν ακόμα κλειδωμένα, μια άλλη φορά έπεσε πάνω μου. Ο τρόπος που έπαιζε το καρέ μου έγινε αριστοτεχνικός. Χορέψαμε την άκρη του οργασμού μου, στερώντας μου την ανακούφιση με λίγα δευτερόλεπτα. Κρατήθηκα όσο μπορούσα. Το καρέ μου τρέμει από την ένταση. Παρακαλώ, κύριε Κάραγουελ. δεν αντέχω άλλο. Σε παρακαλώ άσε με να έρθω."

«Απρίλιος, παρόλα αυτά δεν σου έδωσα την άδειά μου. Ωστόσο, τώρα δεν εκτελούμαι μαζί σου, αλλά».

«Ω... Α! Ω παρακαλώ. Δεν μπορώ... Δεν μπορώ να πάρω μια καλή συμφωνία moreeeee Oh! Ω! Ω!» Αναστενάζοντας, μίλησε.

"Πολύ καλά. Μπορείς να έρθεις.»

    Το 2ο που έφυγαν οι λέξεις από το στόμα του, ένιωσα μια βιασύνη ευφορίας να διευρύνεται μέσα από το κάδρο μου. Συσσωρεύτηκε σε μια εκρηκτική έκσταση που σχεδόν με έκανε να ανατραπώ. Ο κύριος Κάραγουελ με άρπαξε για να με καθίσει αμέσως καθώς συνέχιζε να απομακρύνεται. Πήγα τον καθένα να σκεφτεί μέσα από τον οργασμό μου νωρίτερα από ό, τι ήρθε ο ίδιος βαθιά μέσα μου.

Έκανε ησυχία μετά. Χωρίς κρυφούς ψίθυρους ηδονοβλαχών στην πόρτα. Κανένα μουρμουρητό αμηχανίας μέσα από τους τοίχους. Μόνο η απαλή αναπνοή παιδιά δύο καθώς το αίμα όρμησε ξανά στα κεφάλια μας. Το κεφάλι μου ακούμπησε στον ώμο του, κοιτώντας σωστά το πρόσωπό του. Ο κύριος Κάραγουελ είχε τα μάτια του κλειστά. Συλλογισμένος. Ηρεμία. Έγινε σχεδόν ρομαντικό. Πριν τα μάτια του άνοιξαν πυροβολικά.

«Θέλω να μετακομίσω.

Μαζεύοντας με και αφήνοντάς με στην άκρη, ο κύριος Κάραγουελ άρχισε να μαζεύει τα ρούχα του. Καθώς τα τοποθέτησε σχολαστικά κάτω από την πλάτη, τον αναρωτήθηκα.

«Συγγνώμη, απλά ήθελα αυτό να σε βοηθήσει... Μισούσα να σε βλέπω να πονάς έτσι».

Αναστενάζοντας ξανά, μίλησε.

«Δεν είναι αυτός ο Απρίλιος. Δεν έκανες κάτι λάθος. Εγώ είμαι."

Φορώντας τα ρούχα του με σχεδόν επαγγελματικό ρυθμό, άντεξε.

«Είναι όπως είπα νωρίτερα. Ο προηγούμενος εαυτός μου μετατράπηκε σε ένα άτομο που δεν θέλω να ξαναβγώ στην επιφάνεια».

"Τι; Αυτό που απλώς κάναμε σε συγκίνησε κάτι;»

Ο κύριος Κάραγουελ παρέμεινε σιωπηλός καθώς κούμπωνε το πουκάμισό του. Αποφάσισα να πιέσω το πρόβλημα.

«Μπορώ να διαχειριστώ τον εαυτό μου. Ό,τι κάναμε, το ήθελα. Θέλετε λοιπόν να είστε λίγο κυρίαρχοι; Δεν υπάρχει τίποτα κακό σε αυτό."

Αγνοώντας την ερώτησή μου, έδωσε στον εαυτό του ένα αμέσως μόλις πέρασε μέσα στο αντίγραφο. Ήθελα να διατηρήσω το speakme. Δείξτε του ότι ο υπεράνω εαυτός του άλλαξε και χάθηκε. Αλλά ανακάλυψα ότι παρ' όλα αυτά έγινε ουσιαστικά ξένος για μένα. Και όσο πολύ ήθελα, να τον πείσω να ξεφύγει από την τεχνογνωσία μου. Προς το παρόν.

«Αυτό δεν εμφανίστηκε για άλλη μια φορά. Όταν βλέπουμε κάθε διαφορετικό την επόμενη μέρα, δεν θα υπάρχει καμία αναφορά για το τι συνέβη εδώ αυτή τη νύχτα. Κάνοντας αυτό θα επιφέρει τον τερματισμό σας. Είμαστε ξεκάθαροι;»

Έγνεψα.

«Είσαι ακόμα αρκετά καλός με το περιστατικό με τον κύριο Λόκχαρτ;»

"Μάλιστα κύριε."

«Πολύ σωστά. Καληνύχτα Απρίλη.»

Και εκεί έφυγε από το δωμάτιο, αφήνοντάς με με μια κουρελιασμένη στολή και ένα πονεμένο πλαίσιο. Πήγα στην τουαλέτα και σκουπίστηκα, προσπαθώντας απεγνωσμένα να κοιμηθώ. Αντίθετα, πέρασα τη νύχτα βλέποντας το ταβάνι μέσα στο σκοτάδι. Τι μπορεί να κρύβει; Τι έγινε με τη γυναίκα του; Τι άλλαξε και έγινε μαζί με το πεπρωμένο του; Ίσως το μάθω εν καιρώ. Θα ξοδεύαμε τόνους περισσότερο χρόνο συλλογικά.

Άλλωστε, γίνομαι υπηρέτριά του.

ΤΟ ΤΕΛΟΣ